Diablo lleva ta

Una colección erótica de estreno para
liberar el estrés después de un ajetreado día
de trabajo [The Devil Wears High Hills,
Spanish Edition]

Margareth Moore

TABLE OF CONTENTS

TRAMPA DE VELOCIDAD

La noche era tan húmeda que tu camisa se empaparía en 10 minutos si estuvieras fuera. El ayudante del sheriff del condado local estaba sentado en su trampa de velocidad favorita. Estaba sudando como una puta en la iglesia.

Sabía que atraparía a un par de velocistas aquí como de costumbre. Pero por alguna razón, esta noche fue lenta. Un coche no había pasado por más de 30 minutos. Cuando se sentó en su celular personal, revisó sus fotos. Había guardado algunas que había tomado de una chica con la que se había acostado hace unas semanas. Tenía tetas grandes que le gustaba pellizcar y morder. Golpearla lo hizo duro.

Su culo era grande, y cuando se dobló perfectamente, lo golpeó bien hasta que se puso rojo. Ella también lo amaba. La hizo chillar y gemir. También le pegó en los labios gordos de su coño. Le excitaba mucho a él y a ella también, ¡así que tuvo que rogarle que se la cogiera ahora!

Cuando piensa en ello, mira la foto de sus piernas, cómo abre los labios del coño y le hace frotar su dura polla.

Riéndose, espera que ningún coche con su enfadada erección abultada en su apretado uniforme haya conducido mientras tanto. Pero, ¿no sabes?, un coche pasa a toda velocidad. Su radar lo mostró a 60. Eso fue una zona de 45 millas por hora.

La parte superior del auto estaba abajo porque vio que era linda.

Así que estrelló su coche en la carretera y corrió tras ella. Y todavía tenía una mano en su polla dura. Después de que la alcanzó y pasó por encima de su placa, golpeó sus faros y luego la sirena en dos breves ráfagas.

Su música está tan alta y canta la canción en la radio tan intensamente que no se da cuenta de que la están deteniendo. Cuando ella golpea una señal, ve luces azules reflejadas que golpean la señal. Ella mira en su espejo retrovisor.

Quita el pie del acelerador y reduce un poco la velocidad. Cuando frena, se detiene en un viejo camino de tierra que parece no haber sido usado por años. Las hierbas y el pasto crecieron salvajes en el medio y en los carriles.

Siguió conduciendo durante un minuto, alejándose de la carretera principal para que no pudieran ser vistos por otros automovilistas que pasaban.

Esta era su intención, como lo había hecho en el pasado, para librarse de una multa de aparcamiento.

Cuando se sentó, usó una linda y apretada minifalda que le llegaba hasta la entrepierna y casi le mostraba las bragas. La parte superior que llevaba era delgada, casi transparente, con tiras largas y finas sobre los hombros. Sus grandes tetas saltarinas tiraban de las débiles correas y mostraban tanto escote y tetas que bien podría haber estado en topless. Cuando vio esto, las bajó aún más, casi mostrando sus pezones erectos, duros y sin escobillas. Luego movió su asiento lo suficiente para mostrar sus bragas.

El oficial sale de su coche y va a la puerta del conductor de su coche. Espera que ella no vea la mitad de su erección.

Señora, voy a necesitar ver su licencia y registro, por favor.

Claro, oficial, un segundo.

Él ve las tetas casi saliendo de su top. Luego ve sus bragas alcanzando su bolso en el asiento del pasajero. Su polla está totalmente erguida de nuevo.

Señora, ¿sabe lo rápido que iba?

No, señor, ¿a qué velocidad?

60 millas por hora, es una zona de 45 millas por hora.

Mientras le entrega su licencia y registro, lo mira intensamente a los ojos y le pregunta: "¿Hay algo que pueda hacer para que esto desaparezca?", mientras tira lentamente de la parte superior hacia abajo, mostrando todas sus tetas. Le guiña un ojo, le mira la polla y ve su erección. Mientras baja la mano, se sube la falda y muestra la colina de su coño en sus bragas de encaje blanco frotando su dedo en el clítoris con movimientos circulares.

El oficial sabe que no habrá ninguna multa en este caso. No puede evitarlo, ¡estaba demasiado buena!

Tenía el pelo largo y negro que le llegaba hasta su gran y sexy culo. Hermosos y grandes ojos marrones. Hermosa cara y tetas que sobresalían rectas, firmes sin sostén.

Señora, por favor, salga del coche.

Abre la puerta y se pone delante de él. Ella es más alta que él en sus tacones altos en tacones altos. Con las tetas todavía expuestas, se sube la falda y muestra su vientre suavemente bronceado.

Señora, dese la vuelta y ponga las manos sobre el coche, por favor.

Hace lo que se le dice, se agacha un poco más de lo necesario y estira el culo hacia él como si se lo dijera: Aquí está.

Empieza a cachearla por los tobillos. Le frota las piernas bronceadas para sentir lo suaves que son, pero estaban teñidas. Lentamente se acerca a su culo, que muestra las dos mejillas del mismo, porque lleva una tanga de encaje. Le frota las mejillas del culo y las aprieta con la mano, sintiendo la carne bronceada entre sus dedos. La abofetea bastante fuerte. Ella gime. Él le da una bofetada a la otra, ella gime más. Él la rodea y siente sus grandes tetas. Maldición, esa fue la mejor hasta ahora, pensó. Se había detenido unas cuantas veces con estos resultados, pero esta era la más bonita de todas.

Sí, era débil cuando se trataba de mujeres hermosas, pero ¿qué podía hacer? Es sólo un hombre. Se lo va a follar muy fuerte. Y tal vez no sea el último.

Le pellizcará los pezones muy fuerte para hacerla chillar. Juega duro con ellos mientras le frota su palpitante polla contra su culo mientras se inclina sobre ella.

Le dice que se dé la vuelta y se ponga en cuclillas.

Ella hace lo que se le dice y le agarra la cremallera, la baja y luego le saca la polla palpitante. Se lame los labios y se lleva la cabeza a su boca caliente, húmeda y suave. Tan pronto como la chupa, prueba sus juegos previos, que rezuman lo que le irrita. Él agarra ambas manos de su hermoso cabello negro y mueve su cabeza más cerca, empujando su polla más profundamente dentro de su boca. La mira con náuseas y le quita todo.

Parece que ya has hecho suficiente para saber cómo manejarlo. Chupa bien esa polla para papá. ¡Chúpame bien, perra!

La charla sucia sólo la hizo más mojada y la chupó más fuerte. Se mete el clítoris y el coño con una mano mientras le agarra la polla con la otra. Cuando ella lo miraba con sus hermosos ojos marrones, él la empujaba cada vez más fuerte con sus hermosos ojos marrones y presionaba su cabeza con sus manos peludas por igual para contrarrestar sus empujes.

Sí, chupaste muchas pollas, ¿verdad, pequeña zorra?

Eso es, nena, chupa la polla de papá mmmmm joder, sí, chúpala más fuerte, ¡me voy a correr encima de ti!

La detiene echando la cabeza hacia atrás y sacando su polla mojada que gotea de su saliva.

La agarra por la cintura y la levanta sobre el capó de su coche, sin importarle si aún está caliente por el motor. Le hace quemar esas deliciosas mejillas de culo. Algo para que ella lo recuerde.

No le importa si la capucha está caliente o no. En este punto, podría importarle menos. Le agarra los tobillos, le empuja las piernas hacia arriba y se inclina hacia abajo y le entierra la cara en su coño mojado. Maldición, ella olía y sabía tan bien. Su cara estaba húmeda por los jugos que literalmente goteaban de su coño caliente. Estaba ansioso por lamerla. Empezó a chupar su clítoris, a mordisquearlo y a meterle dos dedos en el coño y un tercero en el culo. Ella gimió en voz alta y movió su coño en su cara. ¡Oh, papá! ¡¡Justo ahí!! ¡Chúpame el coño, Dios mío! Le chupó el clítoris con fuerza para que se saliera. Ella gimió fuerte, hizo eco durante la noche, pero nadie lo escuchó, al menos no una persona. Su cuerpo temblaba de lujuria. Se coge su boca y le frota sus jugos por todo el cuerpo mientras tararea.

La sacó del coche, le dio la vuelta y le empujó la polla por los labios del coño desde el clítoris hasta el culo, hasta que ella le suplicó que se la follara y que se la follara fuerte. Él le abofeteó las mejillas del culo alternativamente con cada golpe. Su culo está rojo. ¡Le encanta!

Se golpea la polla con fuerza. La golpea tan fuerte como puede. Gruñe porque se siente muy bien. Se la está cogiendo duro y profundo con cada golpe, así que ella grita y chilla. Le abre las mejillas del culo para que pueda tratar de meterse más profundo.

Puede sentir su esperma hirviendo. Se golpea una última vez y vacía su carga en ella tanto como puede. Gime y agarra las carnosas mejillas de su culo y las hace más rojas. Se acuesta sobre ella y respira profundamente. Maldición, ¿debería tener esperma en ella? ¿Y si no está usando anticonceptivos? Bueno, ella era agradable y sexy. Estaría aún más guapa si llevara a su bebé.

LA COP

Es uno de esos días, y necesito desahogarme un poco.

Me altero cuando escucho la sirena. Suspiro y busco un lugar para detenerme.

El policía camina hacia el coche. Bajo la ventanilla. Es increíblemente guapo, con pelo rubio arena, barba oscura y una mandíbula fuerte. Lleva aviones con espejos aunque esté amaneciendo.

"Buenas noches, señorita", pinta. "La detuve esta noche para informarle que su luz trasera está rota. Le daré una orden de trabajo para que la reparen".

"Gracias, no tenía ni idea." Le daré mi licencia y registro. "Me ocuparé de ello inmediatamente.

Vuelve a su coche. Lo miro por el espejo lateral y veo su trasero mientras se aleja. Me vuelvo a poner el pintalabios.

Él regresa. Sus gordos antebrazos se doblan mientras me devuelve los papeles.

"Aquí tiene, señorita, está lista."

"¿Estás seguro de que no quieres nada más de mí?" Lentamente levanto mi falda para revelar mis bragas de algodón blanco. Acaricio la tela. "¿Hay algo más que necesites de mí?"

Su expresión vacía permanece inmóvil.

"No falles, puedes irte", dice en voz alta.

Apaga su cámara corporal, va a su crucero y regresa con más fuerza en su paso.

"Salga del vehículo", ladra.

"Sí, oficial".

Me paro seductoramente y me aseguro de que me vea bien las piernas. Estamos en un pequeño camino rural con nada más que tierras de cultivo hasta donde alcanza la vista.

"Dese la vuelta y ponga las manos sobre el vehículo. No hagas movimientos bruscos".

Yo obedezco. El policía me da palmaditas y me acaricia cada parte de mí. Mueve sus palmas a lo largo de mis piernas y entre mis muslos. Me abro para él y me sondea el coño con dos dedos. Pasa un coche. Desliza su dedo meñique por mi culo y mis rodillas se debilitan.

Conduce hacia el norte y me quita la blusa. Me pone las manos bajo los pechos y me aprieta las tetas. Usa su cuerpo para empujarme contra la puerta. Su erección me presiona el trasero.

Me ata las manos a la espalda y me da la vuelta para que nos enfrentemos. Me abofetea. Fuerte. Jadeo por el shock y el dolor.

"¿Estás listo para lo que viene después?"

"Castígueme", me quejo.

"Arrodíllate".

El policía se abre los pantalones y despliega su suave y recortada polla.

Me arrodillo en la grava y me la llevo a la boca. Lamo su frenillo y masajeo su cabeza con mi lengua. Pruebo el esperma viejo en la punta.

Es difícil mantener el equilibrio con las manos en la espalda. Casi me caigo en él y me presiona en su polla con ambas manos. Me coge con fuerza en la boca y oigo pasar otro coche, este más lento.

"¡Mierda!" Él saca su polla, y yo intento recuperar el aliento. Me tira de mi cola de caballo. "Levántate".

Me lanza al lado del pasajero de su crucero y me empuja hacia abajo para que esté fuera de la vista. Me cierra la boca con cinta adhesiva, y nos alejamos y dejamos mi coche a un lado de la carretera.

Cuando llegamos a la vieja fábrica, ya es de noche. Estamos a unas 30 millas de la ciudad, y ni un alma a la vista.

El policía corta el motor en el medio del estacionamiento. Toda la propiedad está dañada por la edad y la negligencia. Los focos activados por movimiento son tan brillantes que me siento como si estuviera en un partido de fútbol de instituto.

Me saca del coche y abre la puerta del asiento trasero. Me empuja la cara hacia la tapicería destartalada. Estoy listo para él.

Me levanta la falda y me quita los calzoncillos a duras penas. Me escupe en el coño, pero ya estoy mojada. Me mete la polla y me folla fuerte y furioso. Le grito a la mordaza y presiono mi trasero contra él mientras me toma por detrás. Me tira del pelo y con una mano me cubre la garganta. Cuando llega al clímax, me empuja la cara al asiento y me golpea el culo desnudo.

El policía me levanta como un muñeco de trapo y me lleva hasta la alambrada. Me quita las esposas, sólo para tener las manos cerradas delante de mí. Levanto las manos por encima de mi cabeza y él las ata a la valla con otro cable. Goteo con anticipación.

Se aparta y me mira. Yo parpadeo en las luces brillantes. Es una sombra, una silueta.

Me desabrocha la blusa, delgada y blanca con puntos rojos. Llevo una falda blanca ancha, cuñas de alpargata y una cruz blanca y dorada alrededor del cuello. Me pellizca los pezones hasta que están duros. Me abofetea de nuevo y vuelvo a caer en la valla.

Un juego de luces se convierte en el estacionamiento. Es otro coche de policía, y luego tres más.

Están en un grupo hablando, pero no puedo oírlos. De vez en cuando me disparan y me miran. Luego me miran abiertamente. Me doy la vuelta, agarro la valla y me saco el culo para que me cojan completamente.

Caminan hacia mí con pasos fuertes y deliberados. No puedo ver sus caras, sólo la oscuridad. Abro las piernas y me apoyo en lo que está a punto de suceder.

El primer policía se fuma un cigarrillo en el capó de su coche y ve a los otros cuatro turnarse conmigo. No dice una palabra.

El segundo policía parece avergonzado y no puede mirarme a los ojos. Después de unos minutos, eyacula.

El tercer policía es un fanfarrón y me jode como una estrella del porno. Me levanta por las caderas y me empuja mientras me agarro a la valla. Me chupa los pezones a través de la fina tela. Juega con mi clítoris y golpea mi punto G al mismo tiempo. Puedo decir que disfruta del público.

El cuarto policía es rudo, casi demasiado rudo. Me baja la falda y me azota con su cinturón hasta que mi culo está rojo y perforado y cubierto de ronchas. Me tira del pelo, me da una bofetada en las tetas y me hace trizas la falda. Me acaricia con su bastón y golpea el eslabón de la cadena a centímetros de mi cuerpo. Me sujeta la garganta con ambas manos mientras me folla hasta el final.

El quinto policía es más amistoso. Retira la cinta y me besa. Envuelvo mis piernas alrededor de su culo y le crujo mientras los grilletes llevan mi peso. Llego a un clímax y mis gritos resuenan.

Se turnan conmigo durante la siguiente hora. Nadie habla. Me duele el cuerpo y el semen gotea por mis muslos.

El pegamento de la cinta me quema los labios. Mis muñecas están rojas por las rígidas bandas de plástico. Vengo, una y otra vez.

Uno por uno se van todos, hasta que sólo quedamos yo y el primer policía. Me cuelgo cojeando de la valla. Mi cuerpo está zumbando de excitación. Me abrocha la camisa, me ajusta la ropa y me pone el pelo en su sitio. Se mete en mis zapatos y me ata las cintas con un lazo.

"Vamos a llevarla a su coche, señorita."

Corta la cremallera que me ata a la valla, pero deja las otras en su sitio. Todavía estoy amordazado. Me ayuda en el asiento trasero y me ata los tobillos con cinta adhesiva. Todo lo que veo es el techo del coche y la jaula de malla que nos separa. Alguien está entrando por la radio. Nos alejamos en la noche.

EN UN INTERROGATORIO PROFUNDO

En la tenue luz emitida por la única bombilla de 60 W que cuelga del techo, su aliento agitó las finas partículas como semillas de diente de león sopladas por un viento de verano del Medio Oeste.

"...que quiero que responda lo más sinceramente posible. Y aunque no puedo aconsejarle... " su voz entró y salió mientras su mente seguía pensamientos aleatorios e incoherentes. Palabras amontonadas como troncos de árboles que se apilan en un arroyo, desordenadas y caóticas. Encerrados en esta habitación, sus pensamientos desaparecieron de las paredes y chocaron con los de ella. El tono serio con el que hablaba se refería a una circunstancia tan extraña como el lugar en el que se encontraba.

"Bien, entonces empecemos lentamente: Por favor, dime tu nombre. ¿Puedes hacerlo?", preguntó pedantemente.

Después de una larga pausa, habló. "Ya sabes mi nombre. Siguiente pregunta", dijo con un toque de ira.

"Escucha, estoy tratando de ayudarte, Joey, si pudieras seguirme la corriente, ¡eso sería genial!" ella lo halagó.

"Soy Joseph Randall, a su servicio", dijo con falso regocijo.

"Buen chico, Joey. Ahora estamos llegando a alguna parte", dijo mientras se daba la vuelta en su silla, aflojaba sus largas y musculosas piernas y se cruzaba en la dirección opuesta. La sonrisa en su rostro confirmó su intención desviada en este sutil acto. "Bueno, ¿sabes por qué estás aquí?"

"No lo sé porque no voy a la iglesia", se ofreció.

"Si quieres que te ayude, tienes que parar esta mierda. Están haciendo acusaciones muy serias contra ti", dijo con sincera preocupación.

"¿Qué quieres de mí?" exclamó.

"Quiero saber si lo que dicen es verdad", exigió.

"Bueno, entonces pregunta", respondió.

"Aquí dice que usted ha solicitado varios actos sexuales desviados de una mujer honorable", explicó.

¿"Solicitado"? Eso es un montón de basura. He escrito poemas y otras tonterías que nadie debería leer", dijo.

"Sí, bueno, alguien los leyó", le aseguró. "Y estos 'poemas', como usted los llama, podrían ser vistos como una amenaza de violencia", explicó mientras levantaba la vista de su cuaderno de notas, se quitaba las gafas y se ponía uno de sus brazos en la boca mientras pensaba en lo que iba a decir a continuación. "Debo decir que algunas de las cosas que ha escrito son preocupantes.

"¿Cómo qué?" preguntó.

"Escribiste, y cito: 'Voy a clavar tus brazos y piernas, poner mi cuerpo sobre el tuyo y recordarte lo que se siente al tener el peso de un hombre sobre ti'", dijo y su voz se suavizó cuando terminó.

Ofreció una sonrisa como única respuesta.

"Te agarraré la cara y te obligaré a mirarme a los ojos mientras muevo tu cuerpo de un lado a otro, sometiendo tu cuerpo a mi voluntad", leyó. "Eso suena como una amenaza, ¿no crees?"

"Es una fantasía. No amenacé a nadie", explicó.

"¿Es 'meterle la polla por la garganta' antes de que pueda decir alguna parte de esa fantasía?

"Vale, sacado de contexto suena terrible", admitió.

"Entonces, ¿en qué contexto 'empujarías tu polla por la garganta de alguien' y no sería un acto de violencia?" preguntó con cautela. Su voz era curiosa y su cuerpo se inclinó hacia adentro cuando preguntó.

"Esto es una fantasía. A algunas personas les gusta eso', dijo.

¿"Algunas personas"? preguntó. "¿A esta gente también le gustaría... ... "um, veamos", dijo mientras entregaba sus notas. "¿Te miran a los ojos mientras se llevan lentamente toda la circunferencia de tu polla a la boca?"

"Creo que sí", dijo a la defensiva.

"¿Alguna vez alguien ha hecho esto por ti, Joseph?" preguntó.

"No. Al menos no todavía", dijo.

"¿Y cree que la amenaza de retener a alguien le inspirará a hacer eso?" preguntó incrédula.

Se sentó allí en silencio y levantó los hombros como para decir: "No lo sé.

Se levantó de su silla y caminó alrededor de la mesa a la que sus manos estaban esposadas. Mientras estaba detrás de él, tomó el respaldo de su silla y lo giró hacia un lado. Aunque sus manos y pies estaban atados con grilletes, su cuerpo estaba ahora girado hacia un lado. Muy torpemente ella se agarró y desabrochó su cinturón, su botón y su cremallera. "Veamos con qué tipo de cinturón estamos trabajando aquí", dijo burlonamente.

Mientras le bajaba la cremallera de los pantalones y le bajaba las bragas, expuso su pene flácido. Al meter la mano en sus pantalones, le sacó las pelotas y la polla para examinarla. "No hay mucha correa aquí, Joey", bromeó. "No estoy segura de que llegue hasta el cuello, Gran Tirador", dijo con una risa.

Cuando ella lo tocó, empezó a hincharse. En quince segundos, estaba completamente erecto. Después de verlo crecer, se detuvo un momento a pensar. "Vale, bueno, esto podría marcar la diferencia".

De rodillas, se arrodilló y lo miró después de inspeccionar cuidadosamente su polla totalmente erguida. "¿Así que esperas que alguien se lo meta todo en la boca?" preguntó, mientras bajaba la cabeza. El calor de su lengua húmeda en la cabeza de su polla fue como una descarga eléctrica. Ella movió su lengua a lo largo del borde y sondeó brevemente antes de aceptar la cabeza a través de sus labios.

La saliva de su boca cubrió la punta y la parte superior del eje de su polla. Ella acarició con sus manos y escupió algo de su saliva. Comenzó a descender sobre su cola, tomando un milímetro extra cada vez que descendía.

"¿Es esto lo que esperabas?" preguntó sarcásticamente.

"Esperaba que ella - o supongo que tú ahora - fuera más lejos", dijo con cautela.

"No sé cómo esperas que me ponga más de esto en la boca", dijo con una sonrisa.

"Inténtalo de nuevo", dijo y le devolvió la sonrisa.

Mientras ella bajaba la cabeza de nuevo, él movió su codo sobre la parte posterior de su cabeza mientras ella ponía la punta en su boca. Su brazo se apretó suavemente mientras ella bajaba. Cuando le permitió subir de nuevo, empujó su cabeza un poco más abajo la siguiente vez y luego un poco más cada vez en sucesión.

Cuando se retiró, lo miró. "Me voy a atragantar si sigues así. ¿Es eso lo que quieres?" preguntó.

"Aguanta la respiración e inténtalo de nuevo", dijo con un movimiento de cabeza.

Ella siguió su sugerencia y respiró profundamente antes de llevar su palpitante cola a su boca. Sintió la cabeza de su polla chocar contra la parte posterior de su boca y presionar contra la apertura de su garganta, causando que su boca saliviera. Rebotando de arriba a abajo, superando lentamente el reflejo nauseoso, ella absorbió más y más de él.

Cuando se levantó, se limpió la boca y volvió a coger su portapapeles. Dio un profundo suspiro de frustración. "Aquí dice que usted también tuvo fantasías de verla desnudarse..." dijo mientras empezaba a desabrocharse la blusa. En un minuto había tirado su blusa y su falda al suelo.

"¿Y aquí dice que querías recostarte cuando ella se sentó sobre ti?", preguntó. "¿Querías que te agarrara la polla y se la metiera en su caliente y húmedo coño?"

Habló mientras se acercaba a él, levantando una pierna sobre su regazo y extendiéndola. Agarró su polla y le miró a los ojos mientras maniobraba su polla para que flotara entre sus labios mojados y goteantes. "¿Es eso lo que querías decir?" preguntó mientras se bajaba sobre él.

"Sí", respondió.

"¿Y querías sentirla volviéndose contra ti, con sus tetas volando en tu cara? ¿Querías abofetearla? ¿Querías tocarla? ¿Apretarla?" Su voz tembló cuando el placer comenzó a tomar el control. "Chúpalos. Chúpala, Joe. Chúpame las tetas, Joe. Chúpalas un poco. Chúpamelas, Joe. Eso es lo que quieres, ¿eh? Muerde mis pezones, Joe. "Mierda, Joe", dijo mientras estaba sin aliento.

"Y luego querías que ella... la sintiera..." Su voz se desvaneció cuando se acercó a su clímax. "¿El coño goteando en tu polla y tus pelotas?"

Se balanceaba hacia adelante y hacia atrás, con fuerza contra ella, arriba y abajo y en un movimiento circular. "Oh mierda", gritó cuando empezó a venir. Su cuerpo se retorció sobre él durante otros 30 segundos mientras exhalaba su orgasmo explosivo.

De pie, sin aliento, se acercó, recogió su ropa y se sentó de nuevo en su silla. Después de unos minutos de respiración dificultosa, ya estaba de vuelta en su ropa y su bloc de notas frente a ella otra vez. Apenas podía controlar la amplia sonrisa.

"Así que esto es sobre lo que escribes", preguntó finalmente.

"Sólo que dejaste fuera la parte en la que, después de venir, te pones de rodillas y acabas conmigo..."

DETENIDO POR UN POLICÍA

Las luces parpadeantes se hacen visibles cuando miras por el espejo retrovisor. Se forma una fosa en tu estómago cuando notas que un policía está parado directamente detrás de ti, las luces parpadean y te indican que te detengas. Nerviosamente miras el velocímetro, que muestra 78 MPH. Disminuyes la velocidad mientras usas el indicador. Lentamente te detienes al lado de la carretera. Ves las luces del coche de policía estacionado detrás de ti. Por la noche, es casi cegador. Mientras piensas en las consecuencias, te preguntas cuánto costará la multa, cuánto aumentará tu seguro. Esperas lo que parece una eternidad mientras el policía permanece en su coche.

Empiezas a pensar en una manera de salir de un boleto. ¿Y si se te ocurre una excusa? ¿Lo entendería si le dijeras la verdad, que estabas en esa carretera vacía por la noche y que no te diste cuenta de lo rápido que conducías? Tal vez podrías encontrar una salida si tuvieras el coraje de coquetear con él. ¿Hasta dónde podrías dejarte llevar? Cuando piensas en las posibilidades, sientes un cosquilleo familiar que recorre tu cuerpo. Sientes una humedad que crece en tu coño.

Un toque en la ventana te devuelve a la realidad. Cuando te das cuenta de la situación de nuevo, te arrastras en tu asiento para ajustar tus piernas, un intento inútil de lidiar con la picazón que comenzó. Miras aturdido a la linterna que brilla a través de la ventana mientras la bajas.

"¿Sabe por qué la detuve, señorita?" Lo miras para responder y te das cuenta de lo lindo que es el oficial. "Uh, yo, uh..."

"Señorita, ¿ha estado bebiendo esta noche?"

"No, señor, sólo estoy un poco cansado y nervioso."

"¿Puedo ver su licencia de conducir?" Usted asiente y explica que está en su bolso del lado del pasajero. Enciende su linterna para ver el bolso y te pide que lo cojas. Desabrochas el cinturón de seguridad y alcanzas el bolso mientras la luz cae sobre él. Te inclinas y sientes que tu camisa se desliza por tus piernas, sabiendo que los controles de tu trasero están casi expuestos y la luz se redirige de repente. Empiezas a preguntarte si te está mirando el culo. Te sientas y le entregas tu licencia. Él hace brillar su luz sobre la identificación. Miras hacia abajo a tus piernas para ver hasta dónde se ha deslizado tu vestido, y ves que parte de la luz brilla directamente en tu coño expuesto. Ahora deseas haber usado bragas, pero esta exposición te excita aún más. Empiezas a preguntarte si lo hace a propósito, sientes que la humedad entre tus piernas vuelve a crecer. Frotas tus muslos y dejas salir un ligero gemido mientras una aguda sensación de placer recorre tu cuerpo.

"¿Está bien, señorita?" Usted asiente: "¿Por qué no se baja del coche por mí?" Él da marcha atrás mientras usted abre la puerta. Su luz parpadea cuando saca una pierna del coche. Baja la luz cuando intentas levantarte. De nuevo, te das cuenta de que tu coño se muestra a sus ojos cuando sales del coche.

"¿Por qué no te apoyas en el capó de tu coche?" Mientras sigues esto y apoyas tu culo ligeramente en el capó, piensas de nuevo en los milagros. Empiezas a fantasear que realmente te miró el coño.

Instintivamente, empiezas a frotar tus muslos de nuevo y sientes que tu falda se levanta. Una luz parpadea en tu cara y te saca de tu fantasía. "Señorita, levántese y dese la vuelta. Voy a revisar si tiene drogas o armas. ¿Tiene algo encima?"

"Te ordena que pongas las manos en la capucha, separes las piernas y te relajes. Cuando sus manos empiecen a descansar en tu espalda, se moverán hacia tus pechos y los ahuecarán mientras sueltas un gemido. Luego él se mueve hacia abajo de tu estómago y te empuja hacia arriba contra su entrepierna. Te preguntas si lo hizo a propósito y si sentiste su polla dura o si fue otra cosa. Fue rápido y luego mueve sus manos sobre tu trasero, de repente sientes que tu falda se levanta. Te preguntas si lo hizo a propósito y sus manos llegan a la parte interior de tus muslos. Sus dedos acarician ligeramente los labios de tu coño. Sueltas un gemido constante del cargador.

"¿Qué era esa señora? ¿Está usted bien?" No me has contestado. No estás seguro de adónde va esto, pero tu silencio le animará a decidir adónde le llevará. De repente, te rodeará con los brazos en la espalda y presionará suavemente la parte superior del cuerpo contra el capó. Mientras mantiene sus manos juntas, pregunta de nuevo, "Señorita, ha estado actuando de forma extraña, ¿está usted borracha o drogada?

En el pánico, dices "No".

"¿Entonces por qué actúas tan extraño?"

Sin pensar: "Porque estoy caliente, mi coño está mojado y necesito que me lo toquen ahora mismo. Cuando te das cuenta de lo que acabas de admitir, te preguntas qué va a pasar después. Entonces un objeto suave y duro corre por los labios de tu coño. Tus piernas tiemblan mientras esperas conseguir lo que quieres. Mientras ese objeto se desliza de un lado a otro de tu coño, te pregunta: "¿Es esto lo que quieres, perra? ¿Te gusta cuando mi porra se frota contra tu coño?" Luego golpea ligeramente el interior de tus muslos, indicando que debes abrir más las piernas. Empuja el extremo de la porra contra tu coño. Suelta tus manos. "¿Quieres eso dentro de ti? Entonces tráelo."

Llegan entre las piernas y guían el palo duro hacia adentro. Lo empuja lentamente mientras lo gira, cubriendo la porra con sus jugos. Te jode lentamente sacándolo y empujándolo hacia adentro. Acelera el ritmo mientras respiras pesadamente y gimes fuertemente y empiezas a frotar tu clítoris.

Mientras te corres, gritas y tu cuerpo se presiona contra el capó del coche. Tus piernas son lo único que impide que tu cuerpo se resbale. La porra se desliza dejando un espacio vacío, pero de repente se llena de nuevo cuando el policía te mete la polla dentro. Tus piernas debilitadas empiezan a ceder cuando su mano presiona tu cuerpo más fuerte contra el capó. Recuperas la fuerza y empujas tu cuerpo fuera del capó para contrarrestar sus golpes. Él tira de tu pelo y guía tu cuerpo para que presione firmemente contra el suyo. Sus manos rodean tus pechos y los masajean a través del material ligero.

Se saca a sí mismo para su decepción. Te da la vuelta y te deja sentarte en el capó. Levanta tus piernas sobre sus hombros y lleva su polla de vuelta a tu agujero de espera. Mientras que tu coño se está follando rápido y duro, tú mueves tu mano hacia tu clítoris mientras el otro te frota los duros pezones.

Vuelves a tener un orgasmo y te quejas. Sientes tu coño enrollándose alrededor de su polla, se detiene y la saca. Suelta tus piernas y deja que tu cuerpo se deslice lentamente por el capó. Baja tu debilitado cuerpo para que te sientes en el parachoques. El orgasmo todavía afecta a tu cuerpo, su mano te agarra la cara y te gira hacia su polla. Te abres y él empuja su polla, cubierta con el jugo de tu coño, hacia tu boca. Ya estás respirando con fuerza, haces lo mejor para chuparlo mientras él te jode la garganta.

Recuperándose fácilmente, tomas su polla en tu mano por segunda vez y acaricias el suave eje mientras abres tu atractiva boca. Tu lengua masajea la parte inferior de su polla mientras tus labios corren arriba y abajo con fuerza.

Él gime y sientes que su esperma se acumula, listo para explotar. Tu mano, envuelta alrededor de su cabeza con tus labios apretados, mueve su polla arriba y abajo, ordeñando su esperma. Un chorro de agua caliente se escurre en la parte posterior de su garganta, luego otro y otro más. Intentas mantener su esperma en tu boca, pero cuando su polla se vacía entre tus labios, algo gotea por tu barbilla y sobre tu vestido. Él cierra su polla en sus pantalones mientras tú miras, recoge el esperma restante alrededor de tus labios y lo traga.

Te levantas y esperas a ver qué viene después.

"Ahora, señorita, le aconsejo que no vuelva a conducir caliente si le hace ir demasiado rápido. Con suerte, habremos arreglado el problema para esta noche. Debería poder conducir ahora. Conduzca con cuidado."

Estás sentado en tu auto encendiendo el motor cuando el policía se va. Te las arreglaste para que te jodieran y no te pusieran una multa. Ahora esperas que tu marido no note la mancha de esperma en tu vestido si llegas a casa más tarde de lo esperado.

LA OFERTA DEL POLICÍA

Estaba en el calor del verano en un campo en barbecho esperando a un comprador que pensé que llegaría tarde. Cuando vi el coche del equipo en el camino de tierra, supe que era una trampa.

No fue una operación bien planeada, ya que había un canal de irrigación de rápido movimiento a menos de 10 pasos de donde yo estaba. Cuando el policía llegó a donde yo estaba, ambos sabíamos que la evidencia había desaparecido. La había tirado al canal tan pronto como la vi. Para entonces la pólvora había desaparecido, y él lo sabía. Pero eso no le impidió arrestarme. Estaba loco.

Fue grosero e hizo una búsqueda muy minuciosa, aunque no había ninguna oficina femenina. Parecía muy entusiasmado por comprobar que no tenía nada escondido en mi sujetador. También comprobó mi nivel inferior bastante bien - no era la tercera base - pero sólo un pequeño trozo de tela de distancia. No me sorprendió mucho. Cuando trató de ponerme de los nervios, no tenía ni idea del tipo de vida que había llevado en casa.

Cuando estaba sentado en el asiento trasero de su coche en el calor del verano de más de 100 grados, el amable oficial decidió tener una charla. Esta tampoco era una táctica nueva. Se me permitió sentarme atrás en el aire opresivo del coche mientras él se quedaba fuera y me hablaba a través del parabrisas medio roto. Estaba listo para las preguntas y para el calor. Si eso era todo lo que tenía para mí, yo habría estado bien.

Las preguntas eran tan predecibles. ¿De dónde saqué eso? ¿Y qué era? ¿Por cuánto lo vendí? ¿Sabía yo cuál era el castigo por vender drogas cerca del instituto? ¿Por qué no llevaba ninguna identificación encima? Preguntas con cargos que sería estúpido responder, y no importa cuáles fueran mis derechos Miranda. Este era un pueblo peque-ño, y hacían las cosas a su manera.

Perdí mi identificación, no tenía ni idea de lo que estaba hablando, y estaba en ese campo porque tenía que orinar. Hacerse el tonto es fácil y yo era bueno en eso.

Eventualmente, sin embargo, la conversación cambió su curso. El amable oficial quería que supiera que me cono-cía y todo sobre mí. Me preguntó por mi nombre sobre mi novio. Era difícil decir que no conocía a Ronnie, que habíamos vivido juntos, pero fingí no saber nada que fue-ra cierto en muchos sentidos.

Cuando no cedí, se volvió insultante y me preguntó cómo era usar trucos en la parada de descanso. (Yo había hecho esto, pero no en mucho tiempo, porque no valía la pena, pero ya me habían encerrado por prostituirme antes, y ambos lo sabíamos). Me preguntó cuánto cobraba y si me lo iba a llevar por el culo. No mordí el anzuelo y simplemente ignoré las preguntas. Uno de los abogados de Ronnie me había metido esto en la cabeza.

Finalmente decidió ponerse personal y se pareció a mi madre y mi padre. Fue un movimiento estúpido de su parte. No tenía ni idea del monstruo que habían sido mis padres. Pero se puso interesante.

"Lamento que tu padre haya muerto", dijo.

Estoy seguro de que no lo estaba. A nadie en la ciudad le gustaba mi padre. Su trabajo como empleado de nómina en la planta de empaque local lo había convertido en un hombre increíblemente impopular. Era el tipo que entregaba las hojas de despido y te cortaba el sueldo si llegabas tarde, y además era un gilipollas.

Y el policía dijo, "Bueno, eso está bien. Debe haber sido un infierno estar casado con esa perra".

Estoy seguro de que tenía razón en esa parte.

Mientras escuchaba desde el asiento trasero del coche de policía, este policía me dijo algo que sospechaba desde hace años: mi madre nunca había sido completamente fiel a mi padre. Había estado mentalmente divorciado de ellos durante tanto tiempo que no debería haberme molestado, pero escuchar los detalles era inquietante.

Resultó que mi madre se movía mucho, y su reputación era bien conocida. Prefería los uniformes - policías, bomberos y soldados cuando pasaban por la ciudad.

Le encantaba ir en coche por el campo, pero era aún más salvaje cuando saltaban a la habitación de un motel.

No se iría a casa con ninguno de ellos, no si estuvieran casados de todas formas. (Ella tenía sus estándares - no tendría sexo en la cama de otra mujer).

También compartía ciertas posiciones. "Le gusta estar en la cima, ya sabes", me dijo. "Probablemente no aprendió a sentarse en la cara de tu padre en lugar de su polla hasta después de que tú y tu hermana nacierais, pero me dijo una vez que era la única vez que el viejo Roy usaba esa boca excepto para besar el culo de sus jefes.

No se detuvo mientras me asaba en el coche. Hablaba mal de mi madre. Finalmente, después de describir en detalle qué tipo de ropa interior llevaba debajo de su ropa de trabajo y cómo probablemente "fue golpeada en la barbilla" en el asiento trasero de ese coche de policía, se puso en contacto conmigo.

Si la otra parte hubiera sido desagradable y mi situación en el asiento de atrás no hubiera sido un poco infernal, habría sido rápido.

Me dijo que nos habían estado observando a mí y a mis amigos, y que en algún momento "pronto nos cortarían las alas". Me dijo que Ronnie había estado en problemas antes, lo cual yo sabía, pero que tenía un abogado increíble, lo cual no importaría esta vez.

"Si lo atrapamos esta vez, todo será según el libro y hermético".

Entonces empezó el juicio.

"¿Te gustará la prisión?" preguntó. "Come un poco de alfombra, sé la perra de una lesbiana". ¿Crees que les vas a gustar ahí dentro? Las lesbianas lo harán, pero las negras te meterán un cuchillo en el culo sólo porque eres guapa". Y añadió: "Estarás muerta antes de que termine tu sentencia. Probablemente unos 20 años antes".

Luego me dieron el discurso... me dijeron que había uno. Querían que testificara como testigo clave y que delatara a mis amigos, y si lo hacía, me darían una sentencia leve. Ese era el tono habitual. Iba a ser una expedición de pesca para los policías que intentaban reunir pruebas.

Pero no lo fue. En cambio, tengo algo mucho más fácil de perder.

"¿Quieres protección? Puedo dártela. Yo y mis amigos en la estación".

Luego abrió la puerta del asiento trasero. Lo cual fue algo bueno, porque estaba a punto de desmayarme por falta de aire.

"Verás, tu mamá está envejeciendo y sus tetas se están cayendo. Pensamos que podrías tomar su lugar."

Así que se desabrochó la bragueta y se sacó a sí mismo. Era bastante obvio que le gustaba recordar sus tiempos salvajes con mi madre. Creo que esperaba que me abriera de inmediato y lo recogiera - su polla estaba tan cerca de mi cara que podría haber escupido en ella y golpear el agujero.

Sólo pensarlo me resultaba repulsivo. Era un tipo mayor y pesado, un policía, y si le creías, se había tirado a mi madre. ¿Qué podría ser menos atractivo?

No fue mi primer rodeo, sin embargo. Cuando tienes las manos esposadas detrás de ti y estás en medio de un campo desierto, no es el momento de decir nada provocativo. Al menos terminarás resistiéndote al arresto. En el peor de los casos, serás enterrado bajo un maizal, probablemente después de que te den por el culo y te estrangulen.

Me quedé callado y esperé.

En algún momento, a pesar de que no se dijo ninguna palabra, entendió el mensaje. Su polla se marchitó con el calor y creo que entendió que no le ayudaría, al menos no voluntariamente.

Me dio unas palabras de aliento, diciéndome que la cola del policía era la clave de mi libertad. No me pediría que me doblara en ninguna dirección en la que Ronnie no me hubiera doblado, e incluso podría haber algo de dinero o un escondite para mí en él. Sentí que él había dado este discurso antes, y de todas formas no creí ni una palabra. Si confiaba en los hombres de azul para mantenerme libre, estaría de rodillas y codos todo el tiempo, y ambos lo sabíamos.

En algún momento sentí su inquietud sobre cómo proceder y le dije: "¿Piensas violarme? Porque si no, tal vez deberíamos parar." Era una frase que había usado antes con hombres que eran un poco demasiado descarados. Normalmente los hacía entrar en razón, pero su mirada fría me asustaba. Era como si estuviera pensando en ello, así que le hice una ofrenda de paz.

"Te diré algo, sé que Brenda tiene apoyo en la parada de camiones. Ve a verla y dile que si te trata bien, le daré algo más tarde para que se sienta bien.

Brenda era una prostituta que trabajaba para los camioneros y me había contado que chupaba muchas pollas de policía para evitar ir a la cárcel. La había visto más de una vez en el asiento trasero de este coche de policía de gilipollas, así que asumí que le gustaba el servicio.

Finalmente se guardó la polla, pero no antes de que notara el tamaño, la forma y los rasgos distintivos. (Nunca se sabe cuando algo así puede ser útil.) Sacó un cigarrillo, que fumó con lenta furia.

Frunció el ceño y me preguntó por qué no era tan bueno como todos los camioneros a los que les había soplado. Dijo que sólo me follaría en la boca de todos modos y que tal vez probaría otras partes de mí, pero de alguna manera sentí que su corazón no estaba en ello. Lo convirtió en forzar a las mujeres a la sumisión, lo pude ver.

En algún momento me dio la señal para que me diera la vuelta. Me quitó las esposas y me hizo saber que aún no había terminado y que lamentaría mucho no haberme tragado mi orgullo y su polla cuando tuve la oportunidad.

Debido a las drogas que tuve que tirar al canal, me alejé unos 300 dólares menos. Aún más devastador fue la forma en que el policía me quitó mi dignidad. Quería matarlo por eso.

Brenda me dijo más tarde ese día que él había sido un hombre muy malo para ella y que tenía que darle pastillas para el dolor para que pudiera sentarse. Lo hice, y estaba silenciosamente agradecido de que fuera ella y no yo.

Me mantuve lo más lejos posible de él y durante mucho tiempo no se acercó lo suficiente para atraparme haciendo otra cosa, pero entonces todos fuimos golpeados duramente. Fue más de un año después. Ronnie seguía en prisión, y el juicio ni siquiera había terminado.

Me desperté en un hospital después de una sobredosis. Estaba allí, sonriendo como un maldito gato de Cheshire. Estaba esposado a los rieles laterales de la cama. Pude ver que tenía una erección con sólo mirarlo. Para entonces era demasiado tarde para negociar.

LA CELEBRACIÓN

Ochenta y seis mil seiscientos veintiún dólares.

El resultado final es igual al dinero que recaudamos esa noche. Habíamos conducido a través del condado y al norte a través de la frontera estatal, recogiendo bolsas de basura verdes con los billetes encerrados en instalaciones de auto almacenaje. Los sacos estaban normalmente envueltos en una vieja y desgastada hoja de pintura o escondidos entre sacos similares llenos de ropa usada de calidad de chatarrero. Los sacos recolectados llenaban los dos baúles de los grandes coches americanos cuando se terminaba.

Habíamos llevado dos vehículos con nosotros, uno siguiendo al otro lo suficientemente cerca como para ofrecer protección, pero lo suficientemente lejos como para no ser detectados. Conduje con mi amigo Ronnie. Él era el único que sabía a dónde íbamos hasta que llegamos. Ambos autos estaban equipados con armas de mano para cada hombre y también una escopeta recortada para cada hombre en el asiento trasero - una en cada auto. Era la primera vez que veía a Ronnie o a cualquiera de sus hombres con armas cargadas.

Me asusté tanto que casi me oriné en los pantalones, pero quería ser más parte del mundo de Ronnie, y el mundo de Ronnie era peligroso e ilegal. Fue una experiencia surrealista de principio a fin. Esa patada especial que recibes cuando sabes que no debes hacer algo pero te sientes tan bien que no te lo perderías por nada del mundo.

No sabía si las armas eran para protegernos de un posible robo por grupos rivales o de un tiroteo en caso de una intervención policial. No quería pensar en lo que podría haber pasado de cualquier manera.

Ochenta y cinco mil probablemente no es mucho dinero para los estándares de hoy, pero en aquel entonces era suficiente para comprar una casa muy bonita incluso en las grandes ciudades. Era más dinero del que pensé que vería de una sola vez.

Era dinero de verdad de la droga. No era como en las películas con billetes de cien dólares bien apilados en un maletín de cuero. Los billetes estaban arrugados y arrancados del tiempo que pasaban en las bolsas de jeans - lo suficiente para que un chico caliente y su novia se drogaran el viernes por la noche. A un adolescente le dieron 5 dólares para ir a la pista de patinaje, en cambio los gastaron para comprar unos cuantos porros sueltos. 20 dólares que un trabajador de comida rápida hizo y usó para comprar un gramo de crank. El cambio de un par de viajes a la tienda para la madre nunca volvió a ella y en su lugar compró algunas bellezas negras.

Era dinero de la droga callejera, recolectado a lo largo del tiempo por algunos de los distribuidores locales de Ronnie. Era un montón. Ni un solo billete de 50 dólares en la pila y muy pocos de ellos. Estaba en el piso de mi dormitorio, apilado en pilas de 100 dólares para que pudiéramos contarlo todo.

Ronnie y yo habíamos contado y contado el dinero durante horas - nos detuvimos a intervalos regulares para reír, beber, trazar una línea y follar de vez en cuando. Es una escena bastante trillada de una película de serie B en estos días para ver a un traficante de drogas y su novia revolcándose en una cama de dinero, pero lo hicimos fuerte y orgulloso, como si hubiéramos inventado la idea. Ronnie estaba bastante alto por su puntuación nocturna, lo pude ver, y me montó bastante duro, de lo cual no me quejé. El sexo era electrizante y divertido, y se volvió más y más inventivo cuanto más avanzábamos.

Hacía mucho calor y lo disfruté tanto que no podía pensar con claridad, y dejé que me tirara en la cama para que me tomara como quería. Quería que me llevara y me hiciera correr por todo el dinero, aunque algunos de los billetes olían bastante mal.

Estaba un poco incómodo porque sabía que cuatro de los amigos de Ronnie estaban en la casa, todos con cables, zumbando y armados hasta los dientes. El crujido de la cama y los gemidos y risas no suprimidos no eran nada que no hubieran escuchado antes, pero traté de no pensar en ello. (Es difícil tener demasiada privacidad cuando vives con un traficante de drogas).

Cada vez que terminábamos de hacer el tonto, teníamos que contar los montones que aún no habíamos atado con gomas. Me senté allí desnudo y conté algo del dinero, que era tal vez la tercera vez, mientras Ronnie admiraba la vista. De vez en cuando rompía otro trozo de coca o enrollaba otro porro, y si me avergonzaba, le rogaba que parara.

Después de un tiempo Ronnie se dio cuenta de que hacía tiempo que no cuidaba a sus hijos - y con más de 80.000 dólares en la casa me di cuenta de que estábamos un poco paranoicos, aunque nos estábamos divirtiendo. Se puso los pantalones y salió de la habitación para registrarse.

Los oí hablar, y me recordé a mí mismo que ellos también podían oírnos, y oí a uno de los chicos preguntarle a Ronnie "cuando era su turno". Era Mark, un gran matón de un hombre que había estado conduciendo toda la noche con una escopeta en el asiento trasero del segundo coche.

No había humor en su voz. No era Mark el que estaba intimidando a Ronnie. De repente todos se calmaron, e incluso desde la otra habitación sentí cierta tensión. Era un problema cada vez que un grupo de gángsteres drogados discutían, pero para mí era el doble de importante, porque Ronnie era el único del grupo que no estaba fuertemente armado.

Después de un silencio demasiado largo, Ronnie murmuró: "Amigo, no llevas mucho tiempo aquí, así que te voy a disculpar esta vez. Ella es diferente y es mía... "Quieres un poco de coño, te conseguiremos un poco, pero primero vamos a guardar el maldito botín."

Pude ver por los pasos que Ronnie se alejó de la puerta después de decir esto - su intento de alejar la conversación de la puerta del dormitorio y de mis oídos. Mark no parecía contento con la respuesta. Murmuró, "No parece correcto, te estás divirtiendo mientras nosotros estamos sentados aquí con el rabo en la mano". A medida que pasara el tiempo encontraría a este hombre cada vez más desagradable.

Cuando Ronnie volvió a la habitación, tenía un par de maletas grandes y viejas con paredes laterales duras en las que habíamos apilado 70.000 dólares del dinero. 5.000 dólares se pegó en el fondo de los cajones que había sacado de la cómoda y la mesilla de noche de mi habitación. Otros 8.000 dólares se sentaron a un lado para pagar a los chicos... metió esto en una bolsa de almuerzo marrón y lo dejó caer al lado de la puerta.

Luego apagó la luz y sospeché que eso significaba que era hora de dormir, lo cual era algo bueno, ya que eran tal vez las 4:00 de la mañana. Pero Ronnie no había terminado todavía, y tan pronto como estuvo acostado desnudo en la cama me maniobró la cabeza hacia abajo y supe exactamente lo que quería que hiciera. Mientras le servía, me dio instrucciones. Ronnie nunca había hecho eso antes. Sabía que se estaba burlando de Mark.

Ese tipo de teatralidad era parte de vivir con Ronnie, y había aprendido a encontrar el humor e incluso el poder en él. Pero esta vez me puse inquieto e intenté retirarme y decirle que parara. No tenía nada.

Tenía sus manos firmemente en la parte de atrás de mi cabeza y no podía parar hasta que terminara. Ronnie casi nunca entró en mi boca, incluso cuando yo quería, así que sabía que esto era 100% para el espectáculo. Sabía que Mark probablemente estaba sentado en la puerta. Ese era Ronnie... le hizo saber a la gente quién estaba a cargo. Podría decir que me hacía sentir barato, pero la verdad es que me gustaba la sensación de que era lo suficientemente especial como para causar fricción.

Cuando terminó, finalmente nos dormimos, pero alrededor de las 8:30 me despertó para darme algunas instrucciones, diciendo que tenía que irse por un tiempo.

Me dijo que sacara sus 5.000 dólares de la cómoda en los próximos días, 500 dólares cada uno en 10 cuentas corrientes diferentes que habíamos abierto en todo el país. Ronnie también me hizo saber que los 621 dólares que no estaban en los miles de montones eran míos.

Sabía que a los otros chicos les habían prometido 2000 dólares a cada uno para el trabajo nocturno - pero no me sentí engañado en absoluto. Era sólo un festín para los ojos, no un guardaespaldas armado, y probablemente habría ido por nada.

Finalmente me dijo que me peinara, me maquillara, me pusiera el camisón detrás de la puerta y preparara el desayuno para los chicos. Él y yo sabíamos que usar esta cosa era tan delgado que era casi como estar desnudo, y ese era el punto.

Nunca conocí a Ronnie en momentos como este. Hice lo que me dijeron. Entendí mi pelo y mi cara hinchada de la mañana lo mejor que pude. Me agaché para ponerme unas bragas, pero Ronnie me detuvo, me empujó y básicamente me echó de la habitación.

En el momento en que llegué al pasillo, cuatro pares de ojos fueron golpeados por el cuerpo y permanecieron allí. La bata colgaba sobre mí como pintura húmeda, y yo era dolorosamente consciente de ello. Aunque todas las persianas de la casa estaban cerradas porque no teníamos miedo de las miradas indiscretas, todavía entraba suficiente luz solar para que pudieran captar mi silueta a través de la fina tela.

Seguí haciendo el desayuno, estremeciéndome por dentro cada vez que tenía que agacharme para coger una sartén o abrir la nevera con su brillante luz interior. Ronnie estaba justo detrás de mí cuando salía de la habitación, así que al menos sabía que todo el mundo se comportaría - y lo hicieron - y me agradecieron el desayuno e incluso recogieron sus pasteles y los pusieron en el fregadero cuando terminaron - lo que ciertamente no hacían en casa.

El desayuno estaba servido, Ronnie y la tripulación empacaron rápidamente, y no los vi ni supe de ellos por casi una semana. (Yo también estaba preocupado todo el tiempo - ni siquiera confiaba en la gente de Ronnie cuando supe que había 70.000 dólares disponibles allí que podían considerar como propios y hacer con unos pocos tiros).

Cuando lo hice, fue como si nuestras vidas cambiaran de repente a una nueva velocidad. Esos 70.000 dólares se usaron para comprarnos un nuevo negocio con mayores apuestas y pagos. No lo sabía en ese momento, pero Ronnie había comprado un área y vendido su alma a un supuesto cártel. Eran menos violentos en ese entonces, pero seguían siendo personas que no conoces tan bien.

Antes de que terminara, me involucraría demasiado en todo esto, pero era joven, ingenuo, y todo lo que sabía era que parecíamos tener tres metros de altura y ser a prueba de balas. Teníamos dinero, pólvora y poder.

Hasta que ya no la tuvimos.

LA LÍNEA

Es el resultado de "no debe" y "no debe". "No puedo, no quiero". Por favor, no me hagas esto. Es una mentira porque cada músculo de mi cuerpo quiere tocarme y mi piel arde a gusto.

Voy a decir que él es mi opuesto y todo lo que no debería querer y no puedo tener. Puedo pararme frente a él y sólo con verlo la sangre me corre y me hace palpitar. Y no tengo ni puta idea de por qué. Pero la tengo, por supuesto que la tengo. Es rudo y fornido, y si lo conociera, rebotaría en él. Es curvilíneo y pesado y todo en él es más grande, más fuerte y más feo. Es mi opuesto, y quiero que profane mi feminidad. Pero no debe hacerlo. No lo permitiré, porque pertenezco a mi marido.

Pero, ¿y si yo fuera a...?

¿Y si no mirara hacia otro lado cuando siento sus ojos moverse sobre mi cuerpo? ¿Y si me inclinara sobre el escritorio y le permitiera ver más de cerca el escote, que sé que ha pasado muchas noches pensando en follar. ¿Y si le susurro al oído todas las cosas sucias que me hace por la noche cuando pienso en él?

Sería tan fácil tocarle el pecho mientras lo hago que se preguntaría si he perdido la cabeza o si finalmente ha roto mi resolución. No lo contaría demasiado pronto, jugaría coqueteando, susurrando un poco de "No, no puedo" cuando entrara a besarme.

Pasaba sus labios por encima de los míos mientras yo me alejaba. Puedo olerlo; el aceite de las máquinas con las que trabaja, el cosquilleo del nuevo sudor, su aliento y su cuerpo. Quiero que el olor de él se pegue a mí como si me estuviera marcando. Puede ver el conflicto en mis ojos.

No puedo. No debo hacerlo. ¿Pero no he cruzado la línea ya? Nuestros labios se encontraron, así que si estoy condenada a la culpa, debería comer hasta hartarme.

En una fracción de segundo de debilidad, presiono mis labios contra los suyos. Siento la aspereza de su barba, y su lengua se siente extraña al entrar en mi boca. No estoy acostumbrada a ser besada así por nadie más. No debería hacer eso. Pero al cruzar esa línea, me doy cuenta de nuevo que ya estoy arruinada. Todo lo que puedo pensar es en la sensación de sus grandes y ásperos dedos dentro de mí.

Me encanta eso, y se lo diré. Nada puede salvarme ahora, porque él desliza apresuradamente su mano bajo mi falda y yo abro mis piernas para darle acceso, como si me rindiera a su voluntad o me resignara a ella. Mis pensamientos se desvían al hecho de que podríamos ser atrapados y no habría cobertura. Aquí estoy, con las piernas abiertas, sentado en su regazo mientras él empuja mi ropa interior

empapada a un lado y las puntas de sus gruesos y ásperos dedos exploran los pliegues rosados de mi coño. Me
siento emboscada mientras él hunde sus dedos dentro de
mí, como si estuviera tomando mi segunda virginidad.
Mi inocencia se ha ido; soy un fraude. Está más allá del
éxtasis. Sabe lo que hace mientras mueve sus dedos dentro de mí. La presión en mi punto G me hace retorcerme
y gimotear como un animal asustado fuera de control. He
pasado tantas noches pensando en esto.

Veo que su cara está consumida por la lujuria y me doy
cuenta de que aunque está honestamente excitado por fo-
llarme con los dedos, realmente quiero devolver algo. Su
polla está dura a través de sus pantalones, y si hay algo
en lo que he pensado más que en que me folle con el dedo, es en la idea de chupársela. Arrodillarme a su antojo;
la sumisión definitiva.

Ya sé que le encanta eso. Lo deduje por las cosas sutiles
que dijo y la forma en que me miró los labios. Recuerdo
que una vez, a petición suya, le envié con culpa una foto
de mi cara. Su alegría por tan inexplicable imagen me hizo pensar...

Así que me arrodillo, abro la cremallera y revelo la polla
que había imaginado durante todo el tiempo que pude
estirar cada agujero de mierda que pude ofrecer. Quiero
mostrarle lo que puedo hacer. Pasé años perfeccionando
esa habilidad en mi marido. Su polla es humilde, y estoy

agradecida por eso porque es más fácil de manejar. Empiezo con sus pelotas, disfruto del sabor que tiene y ese inconfundible olor masculino. Me gusta lamer y chupar suavemente mientras doy un espectáculo de mí misma, haciendo ocasionalmente contacto visual con él. La insolencia de mi contacto visual subraya mi caída en desgracia. Quiero ser su perra.

Yo lame y beso las venas de su eje. Miro la cabeza de su polla brillando antes de venir. Me gusta jugar con él como si fuera un pintalabios, pasando la punta de su polla por mis labios abiertos. Puedo saborearlo. Es salado y caliente y lo disfruto como si fuera un manjar. Sé que me está observando, así que me aseguro de que me vea humillarme voluntariamente a mí y a mi moral.

Chupo suavemente en la punta, usando principalmente mis labios y guiándolo con la mano en la boca. Cada vez es más urgente, así que le permito que me coja la boca. La sensación que tiene en mi boca es satisfactoriamente incómoda. Es casi una patada sadomasoquista que recibo. La euforia lleva mi mente a la felicidad. Estoy mojado y palpitando entre mis piernas. Quiero que me lama y me coja hasta el orgasmo, pero cuando la cabeza de su polla presiona la parte posterior de mi garganta, me acerca mentalmente al orgasmo. Trato de abrir mi garganta para él, pero hace que me ahogue. Él ignora esto y yo disfruto de la patada que viene con él, sin tener en cuenta mi derecho a la comodidad.

Mi orgasmo se hace más pronunciado, y dudo que se necesite mucho para empujarme al límite. Cuando empieza a masturbarse en mi cara, me froto y llevo el orgasmo a un clímax cosquilloso donde el "antes" se encuentra con el "después" y el "no debo" se convierte en "lo hice". Este golpe en la cabeza hace que mis músculos se debiliten y durante esos pocos segundos me subo al orgasmo y ya no existe nada más. Mi cuerpo se contrae rítmicamente y grito. Siento su esperma golpeando mi piel, primero caliente y luego rápidamente enfriándose.

Y entonces me doy cuenta de que soy una tramposa y que él me ha convertido en su pequeña puta.

LA ESPOSA DE CEOS

Un colega mío era un tipo extraño con muchas historias extrañas de los viejos tiempos en la fábrica de acero. Incluso había publicado un libro sobre la vida en la acería, sobre todo un libro con muchas fotos en blanco y negro.

Un día visitamos una tienda de plomería. Algunos estudiantes tuvieron una gran idea, probablemente tratando de ser graciosos, así que vertieron cemento en el fregadero el viernes por la tarde, y por supuesto el fregadero tuvo que ser reemplazado.

Fuimos al escritorio para hacer un pedido. Detrás del escritorio se sentaba una agradable mujer de unos cincuenta años. Bastante en forma y caliente. Me imagino que hace diez años estaba muy buena.

En el coche mi colega se estaba riendo. Dijo que había visto cómo la miraba como si fuera una perra y que era una perra en celo. Se rió de su propio comentario.

Me dijo que estaba casada con el gran jefe, el CEO, como lo llaman hoy en día, de la vieja siderúrgica. La planta donde solía trabajar. Ella se divorció de él, cinco tipos, yo incluido, fuimos despedidos. Lo miré y sonrió. Nos la follamos, el gran jefe encontró la prueba, se divorció de él y nos despidieron.

Lo miré y me reí. Sin decir una palabra, arrancó el coche y volvimos a la escuela y al lavabo de cemento.

Al día siguiente después del almuerzo me mostró un sobre grueso. Su mano lo movió a través de la mesa hacia mí. Parpadeó.

Lo abrí y encontré un álbum de fotos. En la parte delantera había una gran cara sonriente amarilla que parpadeaba. Dijo que estas eran las fotos inéditas de la vida en la fábrica de acero.

Página uno, una foto de ella... una foto en blanco y negro. Estaba vestida de forma bonita y ordenada. Falda y blusa clásicas. Como una secretaria. Estaba caliente, tenía una hermosa sonrisa, y tenía esta cosa. Encuentro difícil de describir, algunas mujeres tienen "sexo" escrito por todas partes.

Me dijo que en su juventud era, y sigue siendo, la chica más caliente de la ciudad. Por supuesto que se casó con el gran hombre del molino. Rico, con una casa grande, pero un economista muy aburrido. Su humor era tan seco como el del Sahara, y podía volver loca a una persona de aburrimiento después de una conversación de cinco minutos. Pero era bueno dirigiendo el molino.

Su esposa trabajaba como coordinadora en el molino, reservando reuniones, arreglando salas de conferencias y así sucesivamente. Ella era lo opuesto a su marido. Coqueteaba, reía, era feliz y sexy.

Pasé a la siguiente página del álbum. La siguiente foto, también en blanco y negro. Ella en el medio, falda gris claro, blusa corta y apretada, blanca. Y dos tipos sucios con cascos, monos y zapatos de seguridad. Ella se reía, toda su cara se reía.

Siguió hablando mientras yo miraba la foto, describiendo cómo se desarrollaron las cosas a lo largo de los años. Cómo su pequeño coqueteo con los chicos evolucionó de pequeñas indirectas y parpadeos a más audacia, y cómo los comentarios de los chicos evolucionaron de pequeños comentarios sobre su belleza a comentarios más directos sobre su cuerpo.

De nuevo abrí una nueva página. En esta foto estaba de pie frente a un escritorio, inclinada hacia adelante y con un bolígrafo en la mano. Una posición normal en una oficina. Excepto que su cabeza estaba girada hacia atrás y sonreía, miró directamente a la cámara y parpadeó.

Cuando miré las fotos, mi colega me dijo que tenía una buena relación con ella. Que era un fotógrafo talentoso en ese entonces y que ella disfrutaba de su atención con la cámara y que todas las fotos fueron tomadas con su permiso.

Pasé a la siguiente página, estaba muy emocionado. En esta página había dos fotos. Estaba en un taller mecánico. En la primera foto tenía una pistola de grasa en una de sus manos. Tenía una sonrisa diabólica y una cucharada de grasa en la otra mano. En la otra foto le envió al fotógrafo una sonrisa burlona mientras frotaba la grasa con los dedos.

Cuando miré las fotos, me explicó cómo se habían desarrollado las cosas a lo largo de los años. Cómo su coqueteo se había vuelto cada vez más duro y cómo los chicos, como en estas fotos, la introdujeron a diferentes cosas en el taller. Como la pistola de grasa. Cómo le dijeron ese día antes de que se tomara la foto que la grasa era vaselina. Y cómo respondieron a su coqueteo más directo, ella respondió a su atención sexual. Un placer mutuo son las palabras adecuadas.

Pasé a una nueva página y tenía curiosidad por la siguiente foto. Estaba en una sala de descanso donde los chicos estaban almorzando. Estaba sentada en la mesa con los chicos. Me di cuenta de que eran los mismos chicos en todas las fotos. Cuatro chicos y el fotógrafo. Tenía un plátano en la mano y la punta en la boca.

Mi asistente continuó la conversación, pero yo no escuché mucho.

Rápidamente pasé a una nueva página. No estoy seguro de lo que esperaba, pero no me decepcionó. Había cuatro fotos, estilo artístico, y como todas las fotos en blanco y negro. No hay colores. La primera foto, una habitación oscura, el flash de la cámara hizo que su camisa blanca pareciera muy blanca, un trabajador industrial sucio le da la teta. Ella sonrió y miró a la cámara. Segunda foto, otra mano en la otra teta. La otra mano, más grande. Tercera foto, ambas manos retiradas, pero su camisa blanca ya no era tan blanca. Dos huellas de manos sucias en sus tetas. En la cuarta foto, un tipo le besó el cuello y otros tres la acariciaron. El contraste entre su hermosa ropa blanca y gris y sus manos y overoles sucios era fantástico.

Mi colega dijo que este era su juego, que ella tenía el control total y luego salió de la habitación.

Miré las fotos. Recordé a la mujer agradable del taller del fontanero. Su sonrisa, agradable y cortés.

Otra vez miré la cuarta foto. Tenía los ojos cerrados, se apoyó con la espalda en el hombre que le besaba el cuello. Su cara estaba girada hacia el techo. Su boca estaba medio abierta.

En la siguiente página, una foto, era el taller. Un colchón sucio en el suelo. Estaba de rodillas. Todavía vestida, pero no tan limpia. Cuatro tipos a su alrededor. Ella sonrió a la cámara.

Pasé la página. Casi la misma foto, pero los cuatro tenían penes erectos, y ella tenía dos en la mano y chupaba uno. No estaba mirando a la cámara ahora mismo.

En la siguiente página, el cuarto tipo estaba sentado detrás de ella. Le había subido la falda alrededor de la cintura. Su mano estaba entre las piernas de ella por detrás.

Nueva foto, cerca de su cara. Una polla en su boca, ojos medio abiertos, lujuria animal. El ángulo de la foto era bueno, y pude ver al cuarto tipo sonriendo, e imaginé sus dedos en los agujeros de ella.

Cerré los ojos. Mi polla estaba dura como una roca. Estas fotos eran mucho mejores que un moderno tren casero digital de alta definición.

Pasé a una nueva página. Estaba de pie, con la falda alrededor de la cintura, la camisa alrededor de la cintura. Una mano le subió las bragas negras, estaban encerradas por las bragas de su coño. Otras manos le tiraron de las tetas y le apretaron los pezones. Una mano tiró de su cabeza hacia atrás después de su pelo, y un dedo estaba en su boca. Me imaginé un momento difícil para ella.

En la siguiente foto, unas tijeras le cortan las bragas y el sujetador. La falda y la camisa todavía alrededor de su cintura. Todavía la sostenían muchas manos y por la vista de sus pezones no estaban tiernos. Ella miró hacia abajo. Ya sea que estuviera mirando las tijeras, los pezones o lo que yo no podía ver. Pero una cosa podía decir. Estaba caliente. Sus ojos y su boca no podían mentir.

Miré la foto durante mucho tiempo. Cada detalle. Su piel blanca tenía rastros de sus manos sucias. Tetas con manchas rojas por el pellizco.

Mi mano pasó a una nueva página. Fue levantada por tres hombres. Uno a cada lado y uno sosteniendo su cabeza. Fue agradable ver cómo la trataban con cuidado y no al mismo tiempo. El cuarto hombre se sentó entre sus piernas. La cara estaba enterrada en su entrepierna. Sus pezones estaban rígidos, y la expresión de su cara la hacía gemir.

Nueva página, nueva imagen. Su coño, de cerca. Ella estaba brillando. Labios del coño hinchados, un clítoris hinchado. Un dedo oscuro y peludo metido a mitad de camino dentro de ella. O estaba saliendo. Brillando por sus jugos blancos y cremosos.

Próxima página. Ella todavía estaba sostenida entre los dedos. Se tiró del pelo, levantó la cabeza y miró hacia abajo. El cuarto tipo estaba entre sus piernas. Le mostró la pistola de grasa y una gran mancha de grasa, o vaselina, en su dedo.

Pasé rápidamente a la siguiente página. Una imagen desde un buen ángulo. Muestra un nudillo en el trasero y la
cara. No recuerdo haber visto nunca una mujer con una
expresión más caliente en su cara.

Desde aquí había una serie de fotos de ella siendo follada
en todas las direcciones, en todos los agujeros. Cambia-
ron de posición aquí, a cuatro patas, sobre su estómago,
montando, sobre su espalda. Follada en el coño, follada
en el culo, follada en la boca, DPed. Ciertamente chupando la polla que se la había follado por el culo. Y corridas
en el coño, culo y boca. Y un culo realmente rojo con una
huella de mano distintiva.

La última foto era de ella acostada en el colchón. Exhaus-
to. Estaba reluciente de sudor, semen y salvia. Sonriendo
de una manera cansada y feliz.

Cerré el álbum. Seguramente nunca estaría tan caliente
como lo estoy ahora.

Mi compañero de trabajo entró en la habitación. Sonrió.
Me dijo que de alguna manera su marido se enteró, y que
era el fin del matrimonio y de nuestro trabajo. Estas fotos
son las únicas copias, y usted es la única que las vio.

Tal vez deberíamos ir a la tienda y visitarla algún día. Me
guiñó un ojo y sonrió.

NUEVA OFICINA

A pesar de las diversas restricciones impuestas por el virus de la corona, pude empezar mi nuevo trabajo el lunes, y había sido una semana infernal. Acababa de terminar mi última sesión programada para el viernes y estaba pensando en almorzar cuando sonó mi teléfono.

"¡Amy!" Respondí felizmente. "¿Qué estás haciendo?"

"Bueno, hace mucho tiempo que no comemos, y tenía curiosidad por saber si te gustaría comer", dijo.

"Claro. ¿Dónde estás?"

"Estoy abajo en tu edificio. Después de que me dijeras las buenas noticias, pensé en salir y sorprenderte".

"Fantástico. Ya bajo", dije, colgando, agarrando mi abrigo de la parte de atrás de la puerta, y luego caminando por el espacio vacío de la oficina hasta el ascensor.

Bajé del ascensor y vi a Amy. Llevaba mallas y una sudadera con cremallera. Basado en experiencias pasadas, pude recordar claramente la figura pechugona que escondía bajo sus humildes ropas. A pesar de la distancia social, le di un gran abrazo y sentí su cara y su pecho presionando contra mi torso.

"¡Me alegro de verte! Te ves fantástica, como siempre", dije.

"Gracias", se ruborizó un poco. "Tú también te ves bien. Toda vestida como una jefa", dijo, moviendo su corbata.

"Me conoces, prefiero estar en una camiseta y pantalones cargo. Pero tienes que hacer lo que tienes que hacer, ¿verdad? Además, a Lisa le gusta", dije en alusión a mi esposa.

"Apuesto a que sí", dijo mientras nos dirigíamos al estacionamiento.

"¿Dónde están los niños?"

"En casa con Sean. Dije que necesitaba que me llevaran después de estar encerrada tanto tiempo".

Le abrí la puerta y me puse en el asiento del conductor. Mi polla se movió, recordando las veces que follamos en el mismo coche a lo largo de los años.

Pasamos por una articulación giroscópica local y pudimos salir, porque todos los asientos estaban cerrados. Como no teníamos otro sitio donde ir, sugerí que comiéramos en mi oficina. Amy estuvo de acuerdo en que era la única opción que tenía sentido.

Nos reímos al recordarlo y nos pusimos al día. La mayoría de nuestras interacciones en esos días tuvieron lugar a través de los medios de comunicación social, donde nos comprobamos unos a otros.

"Bonita oficina", dijo, mirando por el suelo a las ventanas del techo mientras yo subía una silla al escritorio y despejaba un poco de espacio para que comiéramos.

"Sí", sonreí con orgullo, "está bien".

Nos sentamos, comimos y reímos, y el estrés de la semana desapareció de nuestras mentes. Nos temblaron las rodillas unas cuantas veces, y cuando se inclinó para robar una de mis patatas fritas, le eché un vistazo a su camisa para ver su amplio escote. Una vez, cuando se inclinó para hablar, su mano se apoyó en mi muslo justo encima de mi rodilla.

Cuando terminamos de comer, me incliné hacia atrás y dije: "Qué pena que no nos dieron el postre.

"Tal vez podamos pensar en otra cosa", dijo, acercando su cara a la mía y girando su silla hacia mí.

"Tal vez..." Me incliné hacia ella repetidamente en silencio, mis manos se deslizaron por sus muslos hasta sus caderas y luego a su cintura.

Me rodeó con sus brazos en el cuello y nuestros labios se encontraron.

Había olvidado besar a Amy. Era una amante tan apasionada, y eso hace que el engaño, que era cierto para los dos en ese momento, sea aún más excitante.

Sin romper el beso, tomé una mano y empujé las sobras del almuerzo sobre el escritorio, luego las agarré por las caderas, las recogí y las levanté para ponerlas sobre el escritorio.

Se rió juguetonamente y me tiró hacia ella mientras yo apretaba mi cuerpo contra ella.

Para no perder tiempo, le besé el cuello y mis manos subieron por su pecho, sobre su sudadera que cubría su voluptuoso pecho. Gimió cuando la toqué, expresando la misma lujuria que se había hinchado en mi interior.

Me incliné hacia atrás y bajé la cremallera de su camisa, mostrando sus tetas cubiertas con un sujetador negro.

"Qué calor, nena", dije y me incliné para besar su escote mientras sostenía sus tetas en mis manos.

Se quitó la chaqueta detrás de ella y luego sintió que su sostén se aflojaba ya que debió abrirlo por detrás. Dejé que se me cayera de las manos mientras besaba un pezón, la chupaba y mordisqueaba y luego iba al otro, sus dedos corriendo por mi pelo.

Me retiré a besarla de nuevo, nuestras bocas se abrieron, nuestras lenguas bailaron. Mis manos me desgarraron la corbata cuando sentí que sus manos encontraban mi cinturón. Al desabrocharme la camisa sentí que mi cremallera se bajaba y luego mis calzoncillos se bajaban para que ella pudiera agarrar mi polla rígida.

Me acarició antes de empujarme y deslizarse del escritorio al suelo. Cuando empezó a besarme y a lamerme la polla desnuda, me quité las camisas y las tiré al suelo con el creciente montón de ropa.

Me quejé en voz alta cuando empezó a tomarme en su boca. Mis manos descansaron en su pelo y lo mantuvieron fuera del camino cuando empezó a moverse.

"Extrañaba tu boca", dije, mis ojos cerrados y mi cabeza inclinada hacia atrás mientras ella se tambaleaba y chupaba y me lamía.

Hubo un sonido de estallido cuando sacó su cabeza de mi polla.

"Echaba de menos chupártela", dijo ella, y luego volvió a él.

Por mucho que quisiera que siguiera durante horas, sabía que se nos estaba acabando el tiempo, así que la levanté y la entregué al escritorio. Agarré sus mallas y calzones y la bajé por sus piernas bien formadas mientras me miraba hambriento por encima del hombro.

Puse mi polla en la entrada de su ya empapado coño y presioné mi cabeza dentro. Amy gimió en voz alta mientras ponía su cabeza en el escritorio.

Me mecí lentamente en ella, disfrutando de la sensación de su coño, que se intensificó con el sonido de sus chillidos y gemidos. En poco tiempo me enterré profundamente con mis bolas y disfruté de un coño que no había tenido en años.

"Nena, te sientes tan bien", dije mientras me aceleraba.

"Moooooorrrreee", gimió mientras se acercaba a mi polla.

Lo saqué, lo di vuelta, lo puse en el escritorio y me sumergí de nuevo en él.

Sus tetas rebotaron y se rieron en su pecho mientras yo pisoteaba.

"Esperma, por favor", gimió. "Lo necesito en mí".

La sensación era tan increíble que quería follarla contra la ventana, pero no podía negarle lo que quería.

"Ahhhhh", gemí fuerte mientras entraba en su chorro tras chorro, mis manos sosteniendo sus caderas.

"Dios mío", dije, mi cabeza inclinada hacia atrás, mi polla todavía se atascó en su coño.

"Te he echado de menos", dijo, "pero realmente lo he echado de menos".

Me retiré y me senté en la silla.

"¿Quieres limpiarme?" Pregunté con una sonrisa.

Gimiendo, se arrodilló delante de mí y se llevó mi suave polla a la boca, la chupó con cuidado y la lamió hasta dejarla limpia.

"Quería follarte contra el espejo".

"Yo también quería eso", respondió Amy. "Tal vez el próximo almuerzo", dijo antes de volver a ponerme en su boca.

COCHE NUEVO

Jasmine y yo salimos del restaurante riendo.

Jazmín: Tengo un coche nuevo.

Yo: ¿Te deshiciste del Subaru?

Jasmine sostuvo las llaves: Sí, como mi suegra vive con nosotros y juega con los niños, necesitaba algo más grande. Es un Volvo. Es bonito.

Yo: ¿Mejor que el Subaru?

Jazmín, ríete: Odiaba a los Subaru.

Yo, alcanzando las llaves: Déjame ver.

Me las da cuando nos acercamos. Abro la puerta y miro dentro: Espacioso. Podrías tomar una siesta aquí. (Nos reímos.) ¿Cómo lo maneja ella?

Con Jazmín: Ella está bien. Me gusta.

Yo: ¿Puedo llevarlo a dar una vuelta rápida?

¿Tienes tiempo?

Yo, mirando mi reloj y sonriendo: Estará bien.

Jazmín: Todo estará bien.

Me subo al asiento del conductor mientras Jasmine se sube al lado del pasajero. Aprovecho la oportunidad para mirar sus piernas y sentir cómo me pongo rígido.

Arranco el coche y pongo el todoterreno en marcha atrás. El Volvo sale suavemente de la curva. Arranco el coche y dejo el aparcamiento.

Yo: Eso está bien. ¿Cuánto cuesta?

Jazmín: 43

Yo: No está mal.

Estoy caminando por la calle donde estaba nuestra antigua oficina.

Yo: Alquilaste la vieja habitación. Ahora es la sede de algún banco.

Jazmín: Genial.

Yo: Ahí está nuestro viejo lugar. ¿Debería parar allí?

Jazmín: Eres tan malo.

Yo: Bueno, llevabas un vestido...

Pongo mi mano en su muslo y presiono su dobladillo ligeramente hacia arriba.

Jazmín: Me preguntaba cuándo ibas a decir algo al respecto.

Su ojo parpadea mientras su sonrisa traviesa crece.

Doy vuelta en el estacionamiento donde nos estacionamos después del trabajo y camino hacia el lugar sombreado.

Jazmín: No puedo. Tienes que ir a trabajar y yo tengo que ir a casa.

Yo: ¿Sólo un minuto?

Jazmín (sonriendo y mordiéndose el labio): ¿Sólo un minuto?

Aparcaré el coche y lo dejaré en marcha.

Yo: (guiño): Sí, sólo por un minuto.

Me inclino hacia adelante mientras ella se inclina, nuestros labios se besan. Tan pronto como se estableció el contacto, me agarra y me lleva hacia ella. Mi mano continúa deslizándose por su muslo y mi otra mano agarra su cadera. Se empuja hacia mí y me acerca a ella por la consola central.

Yo (rompe nuestro beso): Vamos a ver lo grande que es su espalda.

Jazmín, con su aliento desgarrador, gime con aprobación y se sube a la consola central y a mi espalda. Me quito la chaqueta del traje y vuelvo a seguirla.

Sin pérdida de tiempo, se sube inmediatamente a mi regazo y me besa. Mis manos agarran su trasero y la empujan más hacia mí. Su doble D está presionada contra mí.

Mi polla está presionada contra mis pantalones.

Mis manos se mueven a sus lados y encuentran el camino hacia su pecho. Ella gime dentro de mi boca.

Jazmín: Sueño con ello.

Yo: Yo también.

Una de mis manos está frotando su pezón a través de su vestido, mientras que la otra está regresando a su muslo y empujando su vestido hacia arriba en el camino a sus bragas.

Se está frotando contra mí.

Yo: Me estás frotando los pantalones.

Jazmín: Lo siento, Jasmine. (Ella sigue crujiendo.)

Yo: Déjame ayudar.

La beso profundamente y luego la muevo de mi regazo. La alcanzo para aflojar mi cinturón, pero ella ya está agarrando mi cremallera. Mientras me desabrocho el botón, se mete en mis calzoncillos y me agarra la polla.

Jazmín: Me perdí eso...

Empieza a acariciarme.

Me bajo los pantalones y ella me suelta por un momento. En cuanto me bajo los pantalones, me inclino hacia atrás y ella se inclina para chuparme en su boca.

Yo, por mis gemidos: Echaba de menos tu boca.

Mi mano izquierda se apoya en su cabeza mientras rebota y chupa mientras mi mano derecha se extiende para acariciar su pecho.

Sin quitar la boca, sube y pone las rodillas en el asiento. Mi mano derecha le sube el vestido y pongo mi mano en su culo cubierto de bragas y la aprieto.

Yo: Esto es tan bueno...

Le bajo las bragas en los muslos y pongo mi mano en su coño chorreante.

Está temblando y aparta su boca de mí para quejarse.

Yo: Ven aquí.

La levanto y la beso. Ella se desliza más cerca de mí.

Yo: Sube.

Yo: Jazmín: Por favor...

Se sienta sobre mí y se baja sobre mi polla. Mis manos están en sus caderas bajo su vestido, mientras me aseguro de que no vaya demasiado rápido y disfrute cada centímetro mientras se desliza.

Jazmín (rogando): Por favor...

La bajé y la llené.

Jazmín: Gracias. Necesitaba tanto esto.

Movió sus caderas mientras se acurrucaba contra mí.

Jazmín: Tan bueno, tan bueno...

Yo: Te sientes increíble.

La empujo mientras se mece contra mí. La oigo respirar más rápido y luego tararea.

Su cuerpo tiembla mientras se detiene un momento mientras estoy enterrado en su interior.

¡Eso fue increíble!

Yo: ¿Más?

Jazmín: Jazmín: No puedes entrar en mí.

Yo: De acuerdo.

Nos doy la vuelta, la acuesto y me subo a ella. Le clavo mi único pesar de que no tenemos tiempo de quitarle el vestido y dejarme follarle las tetas.

Jazmín, gime rápidamente mientras llega a otro clímax. Se estremece de nuevo cuando miro más adentro de ella.

Yo: Me voy a correr. ¿A dónde?

Jazmín: En mi boca.

Se presiona contra mí y mientras me inclino hacia atrás, se pone de rodillas y levanta el trasero en el aire. Me devora mientras le meto el dedo en su coño chorreante.

Mientras ella sigue chupando y moviéndose, me empujo para encontrarme con ella aquí. Mis manos se mueven hacia la parte de atrás de su cabeza y ayudan a guiarla de una manera original.

Yo: Aquí voy.

Mi espalda se arquea y ella intensifica su succión mientras mi cola tartamudea. Ella continúa chupando hasta que me inclino hacia atrás y quito mis manos de su cabeza. Se traga mi semen mientras respiro.

Jazmín: Me tengo que ir ahora.

Yo, mirando mi reloj: Yo también me tengo que ir.

Nos ajustamos y volvemos a subir.

Yo, mientras nos retiramos, puse mi mano en su muslo: Eso fue genial. Gracias.

Gracias. Lo necesitaba tanto.

Yo: Entonces, ¿puedes almorzar otra vez la semana que viene?

Jazmín, sonriendo: Tal vez.

CPSIA information can be obtained
at www.ICGtesting.com
Printed in the USA
BVHW091548260421
605865BV00012B/2667

9 781802 591538

Original Plays

100
Christopher Heimann, Neil Monaghan, Diene Petterle

BIRD & OTHER MONOLOGUES
FOR YOUNG WOMEN
Laura Lomas

BLOOD AND ICE
Liz Lochhead

BOYS
Ella Hickson

BU21
Stuart Slade

BUNNY
Jack Thorne

BURYING YOUR BROTHER IN THE PAVEMENT
Jack Thorne

CHRISTMAS IS MILES AWAY
Chloë Moss

COCKROACH
Sam Holcroft

CONSENSUAL
Evan Placey

CRUSH: THE MUSICAL
Maureen Chadwick & Kath Gotts

THE DOMINO EFFECT AND OTHER PLAYS
Fin Kennedy

EIGHT
Ella Hickson

GIRLS LIKE THAT
Evan Placey

HOW TO DISAPPEAR COMPLETELY AND
NEVER BE FOUND
Fin Kennedy

I CAUGHT CRABS IN WALBERSWICK
Joel Horwood

KES
Lawrence Till
Adapted from Barry Hines

THE LOTTIE PROJECT
Vicky Ireland
Adapted from Jacqueline Wilson

MERMAID
Polly Teale

MIDNIGHT
Vicky Ireland
Adapted from Jacqueline Wilson

NOUGHTS & CROSSES
Dominic Cooke
Adapted from Malorie Blackman

THE RAILWAY CHILDREN
Mike Kenny
Adapted from E. Nesbit

SECRETS
Vicky Ireland
Adapted from Jacqueline Wilson

THE SUITCASE KID
Vicky Ireland
Adapted from Jacqueline Wilson

SWALLOWS AND AMAZONS
Helen Edmundson and Neil Hannon
Adapted from Arthur Ransome

TO SIR, WITH LOVE
Ayub Khan-Din
Adapted from E.R Braithwaite

TREASURE ISLAND
Stuart Paterson
Adapted from Robert Louis Stevenson

WENDY & PETER PAN
Ella Hickson
Adapted from J.M. Barrie

THE WOLVES OF WILLOUGHBY CHASE
Russ Tunney
Adapted from Joan Aiken